傍らの男

高木敏次

思潮社

目次

装幀＝思潮社装幀室

傍らの男

帰り道

私のことはもう考えないで
路上で野菜を売っている女を見る
大通りへは
と知っているような人に
たずねられた
市場は遠い

隣の部屋から物音がきこえるように
誰かが遠くにいそうだ
水をすくい上げるように手を動かす人
急いで家へ帰る人々
人の跡は古いのに
野菜は新しい
もう少し待とうと
石段にすわってみる
辻では
ぬいぐるみを抱いている女の子
市場からの帰り道を探している人

ぬいぐるみには慣れないし
帰り道も知らない
もしも
遠くから
私がやってきたら
すこしは
真似ることができるだろうか

その人

軍港には海がなかった
誰にも会わないように
移り住み
望みは
誰にもならないこと
アスファルトから船が生えて

青空は遠い
まわりにいる人達は
集まった人達みたいだ
なぜここに来たのかはわからないが
机の上で字を書いている人のように
もう少し待てば
わかるかもしれない
目をつむっても
何も見えないが
一人、二人、三人と列をつくって
人が過ぎていく

場違いなことはわかっているが
行くところがない
海へ行くバスに乗れば
知らない人によりかかって
その人を
知っている人のようにおもいたい
そして
その人から
名前を呼んでもらいたい
日曜日の午後は
鏡に映っているが

見たこともない
私も映っている

机

積極的に似ようと
職場に向かったのも
机にすわり
私と眼が合って
昨日の花火を思い出したことも
計算することは

誰にも似ないことだろうか
静かに
仕事をするふりをしていると
昨日から考えていたこと
誰かに似ようとすれば
机にすわり
計算する人がいて
私に見られていたのは
誰でもなければ
人の
にせものでもない

子供

机からはなれて
いつものように通りを見る
人が立っていて
何かを見ている
のは私か
ボールが飛びだし

同時に
子供が車にひかれそうになる
人は叫ばない
青空は複数で
下を見ると
横の机で眠っている人のように
私が一人になるまで
待っていたい
ようやく
ビルに男が入ってくると
子供達は帰って行き

ボールだけが
見られている
机に戻ると
帰らないと
伝言が置かれていた

男

球場のうねりに
失望して
座りつづけている
今日は練習試合だから
と隣の男が横の男に話している
まるで

私と話しているようでほっとする
ポップコーンを食べたいと思ったが
そのことは隠している
ただ
隣の男のように人がいることが
もうどこへも行かなくてもよい
といっているようで
さよならは
言わない
どこからでも見えるが
私だけが見えない

話も終わったようなので
ポップコーンを買いに行くふりをして
球場を出ていく

露地

停電で迷って
写真館へ入ると
犬が寝ている
かがみこんで帳面をつけているところだ
こんな人が
私だったらと

考えても
知ることはない
途中で茶を飲んだ
どのように撮りましょうか
たずねられて
考えられなかった
犬は
犬になりたそうに起きてきた
路地をぬけ
行くところはないと
ほっとしていると

路地が暗闇にからみつき
人々が行ったり来たり
私だけがとりのこされ
目の前には
見たことがある
写真館から
知らない犬がでてきた

朝市

私のあとをついていって
気づかれないように
影をふまないように
犬に知られないように
どこまでも行きたい
駅前の朝市で

老人が野菜を売っている
何を買えるのですか
と聞くのもわざとらしいが
うしろの人にたずねてみなさい
ふりむくと
孔をのぞいている人がいた
青空は長く
ただ二人の人が小さくなっている
その時
老人はなつかしい
私には気まずい

行く先では
何かを忘れること
そっとかくれること
それだけが正しい
そこで
駅へ入る私を見失った
犬がでてきて
しきりになめられる
忘れていたものが
人を避けるように
密集している

朝市が終わり
ついてきて欲しいと
向こうからやってきた人が
電車に乗りおくれたという
戻ってきたからには
見つかったからには
私だといわせない

朝

ふりかえらずに
そのままにしている
あとかたづけをしなければならない皿
椅子にすわって
他人の感触があって
目をとじる

屋上から
老人の歌がきこえる
死んだ人が
生きている人を真似しているようだ
外から
かすかに空の音がきこえ
夜明け前に
隣に住む男がでかける
今日も朝をむかえてしまった
海を背に
街へ歩いていく

背後は過去でなく
後ろから見つめているのは私だと
思いつき
手の感触だけがのこっている

道

最北にあるガソリンスタンドで
どこから来たのですか
近くから
うそをついた
知らない街を歩いていると
会えるかもしれない

誰かが
迷惑そうに話しかけてきたが
何を言っているのかわからない
子供たちの
視線がまがっている
川沿いの道は
きらいだ
売店に入っても
買うものはない
だれにさよならを言えばよいか
わからないが

知っている街では
誰にも会えない

一日

その人は砂浜であぐらをかいて穴を掘っている
橋の上から見ると
皆が泳いで
散歩して
食事をしている
ずっと橋をのぼっていけば

そんな人たちを見なくてすむ
雲ひとつない青空は暗い
私にできることは
その人のように
泳がないこと
散歩しないこと
食事をしないこと
私が見ているのは
風景に映った海でしかない
手や脚で確認できること
一度しかできないことが正しい

ふりむくと
何かを見ている私がいた
石に文字を刻むように
立っていた
遠くには崩れかけた赤瓦の旧家
真っ白な亀甲墓
旧盆には
人々は老人のために訪れ
私は訪れない
眼下には
サバニを操る海人

海が熟れて
むせかえていると
その人はいなくなっていた
私に臨んで
一日の過ごし方がわからない

居場所

寝たふりをして
あきれば
起きたふりをすればよい
私が
目をこすりながらベッドを見おろしている
おはよう

呼びかけると
水を飲んで
にせものの話になって
私が新しいシャツに着替えるまで
動けない
互いの眼が見開いて
ほかに居場所はなかったという
持っていくのは
リンゴにミルク
と言ったので
冷蔵庫から出してやる

私は何かかなしそうだったが
命がけで立っているようでもあった
次の日
私は
ことわりも言わず
出かけてしまった

花びら

今日も帰ってきたが
一日は過ぎたようだ
ここでよかったのか
室内を行ったり、来たり
私への角度を変えていく
来ない人を待っている人のように

私の隣にすわると
ポケットから
赤い花びらが落ちてきた
鉛筆の持ち方はこれでよかったのか
数式を計算し
部屋を見まわしながら
昨日の
葬式を思い出している
バナナの香り
人々の息が交じりあい
ゆっくりとよどんでいる

私がいることが信じられない
定規をあてて直線を引くと
郵便局員が荷物を届けにきた
外は紙のように色が重なり
現像されたようだ
もっと近くに寄れば
花びらを触れるし
荷物を解くこともできるが
私がいないふりをする

公園

体育館の横をぬけると
昨日見た夢
よりも
背後をよくおぼえている場所へ来た
夏は列車に乗って
海へ行った

友達と歩いていると
織機の音がひびいていた
ゆっくり
階段をおりていくと
崖の先端にある椅子で
この海よりせまい公園で
青空の中に見つけたのは
知らない人に寄りかかって
眠っている
私だ
このまま

どこか遠くの物音で
おこさないように
知らない人に
行き先をきいてみたい

猫

おきあがると
私の椅子に
猫がいた
衣類を洗って
食器をかたづけ
帰っていった
そんな時間があった

療養所の向こうでは
首から下げた名札が見え
体も見えるように
風景が明るすぎて
顔は見えない
私は市場で見た
知らない男に似ている
猫がいない
と思ったら
椅子に座っている
男がいた

目の前

私は私以外のように動かねばならない
散らかった机の前に
銀行員のように座ってみる
はさみ、定規、のり
と数えて過ごす一日もあってよい
目の前に目をつむって座っている人は爪をかんで

私を見ようとしている
肩越しから遠い光が始まり
外では
コンクリートを壊している
犬のように
犬の気持ちになって
ここで過ごせば
私の形をとりもどせるかもしれない
ようこそと看板に書いてあった
夏の日を思い出そうとしたが
忘れたことを思い出した

そのうち
私の前にいる
銀行員から
犬をとりもどし
近くにある
空を組み立てる
どうぞと声をかけられて
立ち上がる
景色が続き
私をころがしていく

室内

思い出したので
海辺から
帰っていく
葉書を持っている
ドアをあけると
鍵があった
床に熱気が崩れ

たじろがなければならない
他にすることがないように
決めてしまったが
すべて
いらないこと
鍵を持って出かけたが
それからのことは
思い出せないと
先に私が帰っていたのか
テーブルに葉書が一枚
忘れられている

荷物

夏の朝
市場の中で
座っていると
老人が空き缶を集めにきた
積み重ねられた缶がゆれると
空がゆれる

朝のベンチ
昨日の祭りのゴミが散らかり
においが集まっている
隣には長い独り言をいっている人
老いた母が迎えにきて
独り言は続いている
隣の人が手を前に出すと
老母は
いやな顔をする
荷物は置いてきた
ここが出発点ではないのは

確かなので
あともどりはしない
前にのびてきた影が
無用なので
知らせたいが
老人はいない

監視員

朝食を買いに
部屋を出た
監視員がもういたので
砂の上に
横たわる
私は

といって
あの日、過去が今になって
あたたかい風が重い
思い出したが
ここにはいたくない
私もいない
会いたい人がいないから
ここにいるのではない
いつのまにか
それを憶えてしまった
砂を掘って

そのまま
ここにいたいと思えたら
朝食を買いに出てきたことを
私のために
監視員には
秘密で
忘れてもよい

蝶

人形のように人が倒れている
朝の市場
筋道から熱がふくらみ
私が遠くなり
ここにいるのは
市場にいない私

まわりは
水に映っている風景のようで
赤や青の魚
豚の皮
野菜、果物
の音が聞こえるようだ
立てかけられた椅子は
さびもせず
古いままである
解答を待っている生徒のように
確かめようとしたが

私の鞄からは何も出てこない
以前
黙って
帽子をかぶっている人が
珍しい蝶をみつけるために
と話しかけてきた
あなたは何をしているのですか
ときかれて
おもいつかなかった
市場で何をすればよいかわからないし
蝶もいない

人間のように起きて
椅子にすわって
椅子にすわることを
真似しながら
私を整える

旅館

姿を亡くし
台風が去ったあと
南端の小さな旅館に入り
夕食前
現場から帰ってきた人たち
離島の言葉で話している

玄関に大きな人形があり
みとれてしまうこともある
あらかじめ失われたものは
みつかりはしない
他人に見つめられ
触れられ
死んだ人が
生きている真似をしているようだ
夕食後の海にはいたくなかったし
岬には見るものもない
ようやく電気がつくと

おくれてしまったと
彼らの言葉にしたがい
人形のように帰ってくる
私なんていない

市場

列車から見えるように
鏡に映っているものもかわっていく
約束どおり
市場から見上げると
空があがっていないのか
何も映っていない

いつまで待てばよいのか
それも忘れてしまった
どこか遠くでは
人のにせものが歩いていても
よい
ここにきて
鏡に映っている私がいて
後ろに何かがいると
あなたが言う
ふりむくと
沈黙が続き

あわてないように
鏡で身支度をしようとしたら
市場は嫌いだといって
私のあとについてきた人は
ずいぶん前から
なつかしい

あとがき

どこに行けば私に会えるのでしょうか。という疑問があるからか、どこに移り住んでも、そこは私には関係のない場所だといつも思ってしまいます。

またその答えは場所ではなく言葉の中にあるのではという思いもあり書くことを続けてきました。その結果が答えではないにしてもこのような形になったのではと考えています。

ただ、書く中で見つけようとしても言葉の中では私はどんどん離れていきます。二人が同じような場所で視線にさらされているものを見ながら全く違う時間を生きていくしかないという違和感。私たちには共有できる場所や時間などないに違いありません。

やはり私にはいないふりをしてもらわねばなりません。今日も帰らねばならないのですから。見たこともない市場からの帰り道は私がどんな言葉を置くかで決まるわけですから。

この一冊を完成させるにあたって今まで多くの方にお世話になりました。思潮社編集部の方々、最初から最後まで髙木真史さんから助言をいただきました。心よりお礼申しあげます。

二〇一〇年六月六日

髙木敏次

傍《かたわ》らの男《おとこ》

著者

高木《たかぎ》敏次《としじ》

発行者

小田久郎

発行所

株式会社思潮社

〒一六二—〇八四二　東京都新宿区市谷砂土原町三—十五

電話〇三（三二六七）八一五三（営業）・八一四一（編集）

ＦＡＸ〇三（三二六七）八一四二

印刷所

三報社印刷株式会社

製本所

小高製本工業株式会社

発行日

二〇一〇年七月二十五日　第一刷　　二〇一一年四月二十五日　第二刷